www.tredition.de

AF196134

SHORT CUTS

Haluk Erkan

© 2021 Haluk Erkan

Autor: Haluk Erkan

Verlag & Druck: tredition GmbH, Halenreie 40-44, 22359 Hamburg

ISBN: 978-3-347-19254-6 (Paperback)
       978-3-347-19255-3 (Hardcover)
       978-3-347-19256-0 (e-Book)

Bibliografische Information der Deutschen Nationalbibliothek: Die Deutsche Nationalbibliothek verzeichnet diese Publikation in der Deutschen Nationalbibliografie; detaillierte bibliografische Daten sind im Internet über http://dnb.d-nb.de abrufbar.

für Rolf, Greta und Douglas

Jäger & Sammler

Der fremde Angeber

»Alles was du kannst, kann ich besser!«, verkündete der schmächtige Mann mit lichtem Haar und dünnem Schnurrbart, gleich nachdem er ins Café eintrat.

Das könnte ich nicht auf mir sitzen lassen. Ich stand auf und rief genauso fest entschlossen wie er:

»Ich kann aber nichts!«

Der schmächtige Mann wankte verblüfft ein paar Sekunden, dann erhellte sich sein narbiges Gesicht und er schlenderte mit theatralisch langsamen Schritten an die Theke.

Mit einem schiefen Lächeln auf der Visage klopfte der fremde Angeber mir auf die Schulter und bestellte für uns teuren Cognac.

Der eitle Philosoph

»Weniger als nichts«, lispelte der eitle Philosoph in die kühle Luft des Morgens, als man ihn fragte:
»Was darf's denn sein Monsignore?«

Kurze Zeit später eilte ein Diener mit einem silbernen Tablett zu dem eitlen Mann mit dem sonderbaren Wunsch auf die Terrasse des Hotels.
Auf dem Tablett lag ein Briefumschlag aus handgeschöpftem Papier.
Der eitle Philosoph nahm ihn neugierig wie ein kleines Kind rasch in die Hand und öffnete ihn mit dem Gebaren eines Notars.
Auf dem vergilbten, nach Rosen duftenden Briefbogen stand in eleganter Handschrift mit dunkelgrüner Tinte:

Weniger als nichts

Der Giftzwerg

»Wir alle sind Riesen, die von Zwergen erzogen wurden!«, schimpfte der eingebildete Giftzwerg grimmig im Dschungel und schoss einen giftigen Pfeil nach dem anderen.

Über das Massaker, das von einem provokativen Spruch eines New Age Anarchisten ausgelöst wurde, berichteten die sensationslüsternen Fernsehstationen mit zahlreichen Detailaufnahmen zu besten Sendezeiten, was traumhafte Einschaltquoten und Werbeeinnahmen in Millionenhöhe einbrachte.

Der letzte Giftzwerg bekam hunderttausend Dollar für das erste Interview in der Gefängniszelle und verkaufte seinen kostbaren Saft regelmäßig an die meistbietende Samenbank.

...

Nach zwanzig Jahren wurde der letzte Giftzwerg, der zahlreiche Essays über Weltfrieden in renommierten Zeitungen veröffentlicht hatte, im Rahmen von Resozialisierungsmaßnahmen von dem Präsidenten des Zwergstaates begnadigt.

Bei der nächsten Wahl wurde der ehemalige Massenmörder als reichster Mann des Landes selbst zum Präsidenten gewählt. Die TV-Sender jauchzten orgastisch und übertrugen die prunkvolle Zeremonie weltweit in Echtzeit.

»Wir sind Riesen, die von einem Zwerg regiert werden!«, schimpften die Elitesoldaten der Palastgarde in guter Tradition und schossen vor laufenden Kameras auf den allerletzten Giftzwerg.

42 Fernsehteams gingen als Kollateralschaden in die Geschichte ein, und die einzig überlebende Fernsehjournalistin des blutigen Militärputsches, die an den Folgen von schweren Kopfverletzungen erblindete, bekam einen putzigen Pulitzer nachgeschmissen.

Bei der Preisverleihung starb die blinde Blonde jedoch vor Rührung an Herzversagen.

...

Ein arbeitsloser Statistiker mit einem sonderbaren Mustererkennungssinn stellte auf der ganzen Welt ein Aufkommen von immer nörgelnden, kleinwüchsigen Kommentatoren in den Medien fest, die einen watschelnden Gang hatten und allesamt Meister der giftigen Kommentare waren.

Nur die eingeweihten Samenbankangestellte in Rente wussten, warum. Aber wer würde schon auf den Gedanken kommen, an der Tür eines solchen alten Saftladentypen klopfen zu wollen? (Sie etwa?) Die Saftmixer selbst waren eh medienscheue Tierchen gewesen. Also blieb das Rätsel ein ewiges Rätsel.

Der geniale Statistiker bekam einen total langweiligen Job beim Statistischen Amt und durfte die Butterberge der EU nach Form und Größe sortieren.

Somit war sein Sondersinn dahin.

Bevor er sich aus Überdruss und Langeweile von der Dachkante des Amtes schmiss, schrieb er mit zittriger Hand an die Wand:

Wir sind Genies, die von Engstirnigen verkannt werden!

Mit unwahrscheinlicher Wahrscheinlichkeit landete der unglückliche Statistiker in Suizidversuch letztendlich auf der größten Sahnetorte der Welt, die zur Schaustellung durch die Straßen der überfressenen Stadt geführt wurde.

Die elfte Kerbe

»Ich... Ich glaube, dass du glaubst, dass ich glaube...«, faselte unentschlossen der schüchterne junge Mann, der keinerlei sexuelle Erfahrung besaß und hatte nicht die leiseste Ahnung, dass er gleich von der Liebsten in die feine Kunst der Liebe eingeführt werden würde.

Nach der lustvollen Tat zündete sich die geile Nymphe genüsslich eine dünne Zigarette und schnitzte auf das Holz die elfte Kerbe.

Ein Herz

»Ein Herz für Hunde«, stand auf dem Halsband des Bullterriers, der kräftig an der Leine zerrte.

Ein zuckendes Menschenherz rollte bis an die Pfoten des niedlichen Hundes und er verschlang es gierig in Null Komma nichts.

Zufrieden mit der Wohltat, verschwand Jack aus London im Dunst des kühlen Morgens.

Merda d'Artista

»Nur wo Scheiße drauf steht, ist auch Scheiße drin«, sinnierte der italienische Anti-Künstler lakonisch, schiss eine Woche lang für die Kunst & für den Weltruhm und packte seine fein säuberlich in Scheiben geschnittene, luftgetrocknete Scheiße in kleine, praktische Konservendosen.

Die Mistfliegen wurden davon magisch angezogen und zahlten Höchstpreise.

Brot für die Armen

»Brot für die Armen«, stand auf dem Button der Gäste aus der High Society, die zu einem kleinen Häppchen in der luxuriösen Hotelhalle zusammen gekommen waren.

Auf dem Menü stand schwarzer Kaviar vom Kaspischen Meer, süffiger Champagner aus Frankreich, leckere Langusten und köstliche Riesengarnellen aus Thailand, saftige Beefsteaks aus Argentinien, appetitlich duftende Trüffelravioli aus Italien, delikate Haifischsushi aus Japan...

»Brot für die Armen«, stand auf der Reklametafel vor dem Fünfsternehotel.

Die Flaschenpost

Gleich fünf Bodyguards tauchten aus dem Nichts auf, als die selbstsichere Sicherheitsbeauftragte bei ihrem morgendlichen Jogging am Meer eine Flaschenpost fand.

The Jackson Five waren natürlich Fans von The Police und sangen sehr professionell *Message in a bottle* a cappella. Sie scheuchte die lästigen Gorillas mit einer lässigen Handbewegung.

Mit Mühe und einer Möwenfeder gelang es ihr, das gerollte Papier aus der Flasche herauszuholen. Die Nachricht auf dem feuchten, mit Nährlösung präparierten Zettel war an einer Stelle etwas unlesbar:

»Haben Sie schon mal was von Ant... gehört?«

»Antwort? Antipathie? Anthropophobie?«, rätselte sie vergeblich.

Nach 48 Stunden. Auf der Intensivstation.

»An... thrax...«, keuchte die intelligente Sicherheitsbeauftragte in ihrem letzten Atemzug.

Und die Welt hatte ein Rätsel weniger.

Das Glück

»Das Glück ist immer dort, wo man es nicht sucht«, sprach der weise Goldgräber zu seinem treuen Hund Charlie, hackte mit der Spitzhacke auf die Erde und traf auf den größten Goldklumpen der Welt.

Attentat

»Es gibt doch keinen Grund, mich umzubringen«, winselte der Godfather der Waffendealer jämmerlich.

»Dann muss ich dich wohl grundlos töten«, stotterte der störrische Attentäter und schoss das Magazin des Maschinengewehrs leer.

Die eiserne Lanze

»Wer denkt, der hat schon verloren«, sprach der alte Philosoph am Rande des Schlachtfeldes.

Mit einem einzigen Schwertschlag köpfte der blutrünstige Krieger den weisen Mann und dachte für sich:

»Wer spricht, d e r hat verloren.«

Die eiserne Lanze, die mit einem leisen Pfeifen auf ihn niedersauste, war dagegen viel pragmatischer. Sie traf den voreiligen Krieger direkt auf dem rechten Auge und durchbohrte sein schwach denkendes Gehirn.

Der Todesengel

»Ich gebe dir alles, was du willst! ALLES, verstehst du? Lass mich nur am Leben!«, flehte der reichste Mann der Welt jämmerlich.

Der Todesengel warf dem bemitleidenswerten Mann einen vernichtenden, eiskalten Blick zu.

Er akzeptierte aus beruflichen Gründen nur ein einziges Zahlungsmittel.

Leergut

»Leergut, alles-guuut«, sang der bekiffte Punk im Park und sammelte eifrig leere Pfandflaschen.

Der Werbungspapst, der jeden Nachmittag im Park joggte, sah in dem jungen Punk den Sprücheklopfer der Zukunft und engagierte ihn mit hohem Gehalt.

»Strandgut, Ende-guuut«, lullte der gute alte Punk auf Jamaika, schlürfte vom süßen Cocktail *Sex on the Beach* und rollte den nächsten fetten Joint.

Emily & die sieben Sachen

In einem fantastischen Bungalow in Hollywood.
»Worauf wartest Du? Pack Deine sieben Sachen und komm zu mir. Ich habe Sehnsucht nach Dir! Graf Steinreich«, stand auf dem Eiltelegramm, das die egozentrische Diva zum Frühstück las. Ihr eigenartiges, schiefes Lächeln wiederspiegelte sich auf dem silbernen Zuckerdöschen.
Sie packte ihre sieben Sachen:
1. Ihre einzige und streng geheim gehaltene Freundin Emily, die Riesenschlange, die nur einmal im Jahr was zu fressen brauchte und sonst auch so pflegeleicht war wie kein anders Tier. Die nicht verdaulichen Reste ihrer Nahrung stellte sie zusammengepackt mit einem Male erst nach Tagen in einer Ecke ab.
2. Ihre Sammlung von kleinen Fläschchen mit alkoholischen Getränken. Nur, dass sie jeweils ein anderes Gift enthielten.
3. Ihren langjährigen Butler James, der jeden Montag als registrierter Notar noch tätig war und der Diva an manchen kalten Winternächten ein gewärmtes Bett und je nach Wunsch, auch sonstige erregende Dinge anbot.
4. Eine billige Überwachungskamera aus dem Fernen Osten
5. Ein leeres Blatt Papier
6. Einen goldenen Füllhalter
7. Ihren Privatjet mit Sonderausstattung. Denn die Diva mochte es sehr, kurz vor der Abenddämmerung die rosa Zuckerwatte Wolken aus dem Whirlpool des Jets zu beobachten und dabei süßen Champagner zu schlürfen.

Am Abend desselben Tages. Im Landhaus des Grafen.
Nachdem Dinner brachte die listige Diva den von ihrer Schönheit verblendeten Grafen dazu, dass er mit dem goldenen Füllhalter auf das leere Blatt Papier seine unverwechselbare, kindliche Unterschrift im Beisein von James setzte,

der in diesem Moment selbstverständlich als Notar fungierte. Als der Graf nach dem Grund fragte, antwortete sie unverfroren:

»Ich habe mir vorgenommen, von allen Männern, mit denen ich intim war, die Unterschriften zu sammeln. Du weißt doch, ich hab' so meine Sammelleidenschaft... Apropos Sammelleidenschaft: Ich möchte dich zum Feier des Tages bitten, ein Fläschchen aus meiner bescheidenen Sammlung auszusuchen.«

Der gutmütige Graf suchte sich, geschmackssicher wie er war, das Fläschchen mit dem 61er Château Latour aus. Die Diva nahm das ungefährliche Fläschchen mit dem Wermut. Sie hoben ihre vergoldeten Kristallgläser, schauten sich vielsagend in die Augen und schlürften.

Sie dachte:»Genießerisch in den Tod! Der Mann hat wirklich Stil...«

Er dachte:»Der Château Latour ist sicher falsch gelagert. So bitter darf er eigentlich nicht sein...«

Wie aus heiterem Himmel stand die für ihre Eskapaden bekannte Diva plötzlich auf, gab dem bereits leicht vergifteten Grafen einen dicken Schmatzer auf die Wange und ging unter die Dusche. Der betörte Graf dachte schon, dass sie sich für ihn frisch machen würde und sackte noch tiefer auf dem Chesterfield Sofa zusammen.

Im Nebenzimmer wurde jetzt kurz auf die Aufnahmetaste einer Fernbedienung getippt.

Emily, die Riesenschlange, die seit knapp einem Jahr nichts zu fressen bekommen hatte, kroch geräuschlos in den Salon hinein, umschlang leidenschaftlich den völlig wehrlosen Grafen und brach ihm dabei unnötigerweise sämtliche Knochen. Sie wollte instinktiv sicher sein, dass er in ihrem empfindlichen Magen keinen Radau machte.

Zunächst der kahle Kopf des alten Knackers, dann, etwas schwieriger, seine schmalen Schultern in weißem Dinnerjacket, dann seine goldene Manschetten mit je fünfkarätigem Diamanten, seine wasserdichte Uhr aus massivem Gold, seine knochigen Finger samt drei antiken Ringen, seine schwarze knitterfreie Hose und zum Schluss sein linker Lackschuh – der rechte fiel leider auf die polierten Dielen – glitten Zug um Zug in die gute alte Emily hinein.

Nach dem Fressen schlich Emily auf leisen Füßen aus dem Salon und ringelte sich in ihrer mit dunkelgrünem Samt ausgelegten, wohl temperierten Kiste zum verdienten Verdauungsschlaf zusammen.

Und ab ging die Post nach LA!

Die Videokassette der seltsamen Fütterung fanden die penibel genauen Schnüffler bei ihrer mehrere Stunden dauernden Hausdurchsuchung und freuten sich wie kleine, schlaue Buben.

Die einfältigen Bullen hatten alles, was sie als Beweis brauchten.

Die unersättliche Diva, das Reichtum des Grafen.

In einem Alptraum.

»Worauf wartest du? Pack deine sieben Sünden und komm zu mir, ich habe Sehnsucht nach dir«, flüsterte das Gespenst des Grafen Steinreich ins Ohr der Diva.

Das lange vorausgesagte Erdbeben der Stärke 7,5 verwüstete just in diesem Moment Los Angeles.

Nachtrag für Schatzjäger

Emily, die Riesenschlange, der es nicht vergönnt wurde, in Ruhe auszuschlafen, kroch aus der Mitte des Buchstaben O des Riesenschriftzuges, der auf den Hügeln von Los Angeles angebracht war und legte ihr Päckchen, ordentlich wie sie war, auf den Mittelbalken des Buchstaben H.

Aber wer würde schon in einer toten Stadt auf den Gedanken kommen, in den Exkrementen einer Schlange auf dem Mittelbalken eines H nach Gold und Diamanten zu suchen? (Sie etwa?)

Der abgeschlossene Roman

Sicher

»Sicher ist sicher«, sagte der Innenminister, nahm den Lauf des Revolvers in den Mund und erschoss sich.

Sechstagewoche

»Puuuch!... Sechs Tage die Woche ist wirklich zu viel«, klagte Gott nach der Vollendung, lehnte sich zurück und verfiel einem Traum, der ewig dauerte.

Im Garten der Irrenanstalt

11. August 1999
»Geh mir aus der Sonne!«, befahl der größenwahnsinnige Patient im Garten der Irrenanstalt.
Der Mond gehorchte ohne Widerrede.

Wie wirklich ist die Wirklichkeit

»He, he, he! Sag mal Fred, wie wirklich ist eigentlich die Wirklichkeit? He, he, he! Kannst du mir das mal sagen?«, fragte Barney Gröllheimer, wie Barney Gröllheimer immer wieder dumm-dämliche Fragen aus dem Nichts herzauberte.

Fred Feuerstein brauchte nicht lange zu überlegen.

»So wirklich wie diese Faust auf deiner netten Visage, mein Bester!«

Mr. Gröllheimer wusste überhaupt nicht, warum gerade jetzt die Vögelchen zu zwitschern begannen & kleine bunte Sterne um seinen Brummschädel herumtanzten und kippte bei fünf einfach um.

Therapie

»Wenn ich nur an deiner Stelle wäre…«, sprach Luzifer träumerisch zu Gott, der sich auf der Therapiecouch bequem gemacht hatte. »Wenn ich nur an deiner Stelle wäre…«

»Nichts leichter als das«, sagte Gott sehr freundlich, stand auf und bat Luzifer, sich hinzulegen.

Alles lief wie geplant.

Einsteins Traum

»Sie können mich doch nicht mit Mördern in denselben Topf werfen! Ich bin ein Wissenschaftler! Ich bin ein Wissenschaftler!«, schrie Einstein entsetzt in seinem Albtraum und wachte letztendlich schweißgebadet auf.

Die Glühwürmchen vor seinem Fenster leuchteten heute Nacht nur für ihn:

$$A_L{}^L E^S \quad R^E{}_L{}^A T^I V$$

Der weise Roboter

»Ich weiß, dass ich nichts weiß«, verkündete der antike Roboter mit Persönlichkeitsprofil wahrheitsgetreu.

Den Applaus hört man immer noch.

Die Hürde des Menschen

»Die Hürde des Menschen ist unüberspringbar«, keuchte der Hürdenläufer vor der letzten Hürde in Atemnot und kotzte giftgrünes Zeug auf die Hosenbeine der versammelten Schiedsrichter.

Ernüchterung

»Wer seines Glücks bewusst wird, der wird auf der Stelle tod-
unglücklich«, sagte der dicke Mann mit Schweißperlen auf der
Stirn, während er eine fette Keule in den Mund schob und
herzlich lachte, sodass er daran erstickte und verstarb.

Optimismus

»Es ist mir wurscht, ob das Glas halb voll ist oder halb leer! Hauptsache, der Inhalt ist flüssig genug!«, verkündete der tyrannische Terrorist sehr clever.

Er nahm das halbvolle Glas vom Tisch, hielt es prostend in der Luft und trank es in einem Zug leer.

Das im Wodka aufgelöste Arsen begann allmählich zu wirken.

Ein Glück

»Ein Glück kommt selten allein«, sprach der spitzfindige Poet, als er seine Muse mit einem Dichterfreund im Bett erwischte. Die unersättliche Muse wurde von A bis Z bedient.

Nachricht des Tages

»Die Nachricht ist, es gibt gar keine Nachricht«, sprach der Nachrichtensprecher sehr nervös und fummelte mit den Händen wie unter einem imaginären Wasserhahn.

Aus heiterem Himmel bekam er eine Herzattacke und knallte mit dem knallroten Kopf auf die scharfe Kante des glänzenden Tisches.

D a s war die Nachricht des Tages. Nun das beschissene Wetter von morgen.

Teufelswerk

»Der Teufel steckt im Detail«, sprach der Schriftsteller stolz und knallte auf den Tisch des gottgläubigen Verlegers einen fetten Wälzer von 500 Seiten.

Der gläubige Verleger rechnete instinktiv nach...

»Du glaubst wohl nicht, dass ich dieses Teufelswerk auch noch in meinem Verlag veröffentliche, oder? Raus mit dir! Raus, raus, raus!«

Da lachten die Fehlerteufel in dem fetten Wälzer und pflanzten sich fröhlich fort.

Thor

»Tooor! Tooooor! Tooooooor!«, schallte es in der engen Gasse der Kleinstadt. Die Fenster der Häuser standen wegen der Hitze offen, die Fernseher am Heißlaufen.

Thor drehte sich um, sah aber niemanden. Verärgert ging er seines Weges.

Das passierte alle vier Jahre wieder: Er hörte auf der Straße seinen Namen gerufen, sah aber weit und breit keine einzige Menschenseele.

Sollte er deshalb zum Arzt gehen?

Alltag im Atelier

»Wer bin ich? Wo komm' ich her? Wo geh' ich hin? Vor allem: Was zieh' ich dazu an?«, jammerte der trübselige Modeschöpfer verzweifelt und zog einen langen Strich feinen Koks in die feine Nase.

Er wusste sofort, wer er war.

Seinen guten Namen trug er als eine fette Goldkette um den fetten Hals.

43

Tierisch für Anfänger

Untergrund

»Sieg heil!«, rief der kleinwüchsige Massenmörder im Bunker.

»Darauf kannst du Gift nehmen!«, zischte die Klapperschlange aus dem Untergrund und biss Adolf tief ins Fleisch.

War Hamlet ein Punk

»Two beers or not two beers... Das ist hier die Frage«, nuschelte der punkige Penner im Rausch der Sinne.

Die Hunde kläfften noch lange voller Anerkennung.

Die ganze Wahrheit über Pawlow

»Immer wenn ich seinen knackigen Arsch sehe, läuft mir der Speichel aus dem Maul«, knurrte der sibirische Husky zu seinem Nachbarn in dem engen Käfig.

Pawlow hatte sich umgedreht und läutete gerade mit der dämlichen Klingel.

Der weiße Rabe

Fern vom deutschen Lande, am Rande der Rabenschlucht lebte ein altes Rabenpärchen, das ein graues Rabenei im Rabennest zu liegen hatte.

Sie brüteten Tag und Nacht und achteten sehr darauf, dass das Ei nicht in die Rabenschlucht hinabstürzte. Als die Zeit kam, schlüpfte aus dem Rabenei ein weißes Rabenküken heraus. Die Rabeneltern waren sehr überrascht, freuten sich dennoch rabenmäßig.

»Schau doch mal! Wir haben einen wunderschönen weißen Raben zum Kind!«, freute sich die Rabenmutter. »Ist er nicht süß?«

»Seeehr sondaba... Sowat hab' ick in meijnem janzen Leb'n nüscht jeseh'n. Jlaubst du, det is nomal?...«, fragte der Rabenvater sehr besorgt.

»Natürlich ist es NORMAL! Verstehst du denn nicht? Wir haben so ein Glück und haben einen wunderbaren weißen Raben auf die Welt gebracht. Freu dich doch endlich!«

Die Zeit verging. Der kleine weiße Rabe wuchs von Tag zu Tag.

Er brauchte »Krääh!« zu rufen und schon wurde ihm ein saftiger Wurm herbeigeholt. Er brauchte »Kraah!« zu rufen und schon wurde ihm kühles Wasser im Schnabel herbeigeschafft. Der kleine weiße Rabe merkte bald, dass er nur zwei Rufe zum Leben brauchte. So lernte er die Sprache der Raben nicht. Die Rabeneltern fütterten und pflegten den weißen Raben so gut, wie sie nur konnten. Deshalb lernte er auch das Fliegen nicht.

Tage, Wochen, Monate vergingen. Der kleine weiße Rabe wurde fett und fetter.

Eines Tages im Herbst, da die beispielhaften Rabeneltern nun sehr alt waren und für den fetten weißen Raben nicht mehr auf die Futtersuche gehen konnten, da machte der weiße Rabe seinen weißen, großen Schnabel auf und fraß seine eigenen Rabeneltern in zwei Happen auf.

Ein kalter Wind begann aus dem Norden zu wehen und das Rabennest zu schütteln. Der weiße Rabe bekam große Angst und krächzte ununterbrochen »Krääh!« und »Kraah!«. Aber kein Rabe verstand ihn.

Plötzlich riss eine heftige Böe das Rabennest von seiner Verankerung los und der weiße Rabe segelte mit in die Tiefen der Rabenschlucht. Der dicke weiße Rabe, der nicht mal mit den Flügeln schlagen konnte, knallte am Ende auf die messerscharfen Felsen und starb im zarten Alter von drei Jahren.

Die gefressenen Rabeneltern kamen zum Glück lebendig aus den Gedärmen des weißen Raben heraus. Sie flogen – halb froh, halb trüb – in den schwarzgrauen Rabenhimmel hinauf.

Diese Geschichte erzählten sie anderen Rabeneltern im ganzen Lande, damit sie weiterhin Rabeneltern bleiben: Egal wie sonderbar ihre Rabenkinder auch seien mögen.

Und wenn sie nicht gestorben sind, dann krähen sie immer noch.

Eintagsfliegen

»Ich hab' noch ein ganzes Leben vor mir!«, freute sich die Eintagsfliege so naiv wie eine Eintagsfliege nur sein könnte und schlüpfte aus dem aberwitzig winzigen Ei.

»Das Leben ist viel zu kurz«, summte dieselbe Eintagsfliege nun weise am Ende des langen Tages resümierend. Sie legte Hunderte von winzigen Eiern mit der nächsten Generation auf die Erde, die sich genauso freute und resümierte.

Fabelhaft

Gebildete Fische: »Man muss gegen den Strom schwimmen, um an die Quelle zu gelangen.«

Eingebildete Fische: »Man muss mit dem Strom schwimmen, um in das weite Meer zu gelangen.«

Einfache Fischer: »Uns ist völlig egal, wohin die Fische wollen. Hier unten an der Flussmündung fange ich welche, die in das weite Meer wollen. Oben an der Quelle steht mein Bruder, und er fängt solche, die zur Quelle wollen. Aber glauben sie mir, beide Sorten schmecken wirklich fabelhaft!«

Perlen

»Perlen vor die Säue!«, sprach der literarisch gebildete Bauer vor dem Saustall, griff in den Eimer und schmiss eine Handvoll Perlen vor die Säue.

Die marktorientierten Schweine mochten ihre manikürten Hufen nicht verdrecken und ließen die Perlen von den nimmer satten Ratten für Hungerlöhne aufsammeln. In der Schweinewerkstatt stellten die besonders geschickten Ratten in gehobener Stellung aus den erlesenen Perlen fantastische Schmuckstücke her, die später in der vornehmen Stadt für teures Geld verkauft, und die cleveren Schweine nur noch fett und fetter wurden.

Eines Tages kam ein Schlächter zum Hofe des Bauern. Als er die fetten Schweine sah, konnte er nicht umhin und fragte:

»Womit fütterst du denn deine Schweine, dass sie so dick und fett werden?«

»Perlen, ich füttere sie ausschließlich mit Perlen«, antwortete der eingebildete Bauer voller Stolz und übergab ihm die fettesten Schweine zum Schlachten.

Intimes

»Mensch! Ich bin schon wieder viel zu früh gekommen, stimmt's? Entschuldige bitte, ich bin ein Esel!«, sprach der Esel reumütig und ließ die Ohren hängen.

»Schon gut!«, sagte die unbefriedigte Eselin genervt. »Wenn du dich noch einmal wie ein Esel benimmst, werde ich dich verlassen. Vergiss das nicht!«, fügte sie drohend hinzu und präsentierte ihm ihren herzförmigen Hintern.

Und schon bekam der Esel tierisch erigierte, pechschwarz glänzende Eselsohren.

Reif für die Insel

»Ich bin reif für die Insel«, sprach der Schiffbrüchige zu den Fischen Hunderte Seemeilen vom Land entfernt.

Der Pechvogel wurde seit Tagen auf dem Pazifischen Ozean von Wind und Wellen hin und her getrieben. Völlig erschöpft lag er die meiste Zeit auf dem Rücken und ließ sich vom salzigen Wasser tragen. Nur ab und zu drehte er sich um, um zu sehen und um aufs Neue enttäuscht zu werden, dass kein Land, kein Schiff in Sicht war.

Außer dem lieben Gott, den Möwen im Himmel und den hungrigen Haifischen, die seit Kurzem seine Spur verfolgten, wusste von dem armseligen Mann niemand auf der Welt.

Natürlich abgesehen von anfangs erwähnten Fischen, die zwischen seinen Beinen schwammen und ihn wirklich unschicklich kitzelten... Und abgesehen von seiner Ehefrau, die bereits nach sieben gesetzlich festgelegten Tagen nach dem Schiffbruch unverzüglich die horrende Lebensversicherungssumme von 12 Millionen einkassierte und in einer teuren Hotelsuite zu ihrem zwanzig Jahre jüngeren Liebhaber sagte:

»Wir sind reif für die Insel, Darling! Irgendwelche Einwände?«

Sie wedelte mit den Flugtickets für die Luxusklasse und kicherte dazu wie ein kleines, hysterisches Mädchen. Der Schmarotzer hatte wirklich keine Einwände.

Die Haifische taten, was sie immer tun, wenn sie seit Tagen nichts Wesentliches im Haifischmagen haben. Die jungen Möwen wussten endlich, warum sie unaufhörlich um den Schiffbrüchigen herum flogen und bekamen von dem Aas ihren Anteil, obwohl sie keine ausgesprochenen Aasfresser waren. (Das blutige Frischfleisch des Schiffbrüchigen kann man doch nicht als Aas bezeichnen, oder?)

Dem lieben Gott im Himmel blieb nur noch die arme Seele des Schiffbrüchigen zu sich zu nehmen.

»Bald bin ich auch reif für die Insel«, dachte er für sich und machte den Laden für heute dicht.

Modern Times

Titanic

»Always look on the bright side of life!«, sangen die gut ge-launten Passagiere auf dem Deck der Titanic. Sie tranken süßen Champagner *on the rocks*.

Der gelangweilte Eisberg konnte das Lied einfach nicht aus-stehen und krachte ins Schiff.

Gefallen

»Bitte nicht beachten!«, stand mit Großbuchstaben auf dem Schild, das dem Bettler um den Hals hing.

Die Passanten taten dem armen Mann den Gefallen.

Fullsize Airbags

»Unser neustes Modell«, schwärmte der smarte Neuwagen-
verkäufer in Beverley Hills, »hat vorne zwei Fullsize Airbags!«

»Und was meinst du, was i c h hier habe, Darling?«, fragte
die hübsche Blonde schnippisch und hob verächtlich ihre linke
Augenbraue hoch.

Pamela A. begann in Zeitlupe ihre weiße, fast durchsichtige
Bluse aufzuknöpfen.

Hiroshima

»Wenn ich es nicht tue, dann wird es bestimmt jemand anders tun«, philosophierte der US-amerikanische Pilot Paul Tibbets im Cockpit, bekreuzigte sich vorher fromm wie ein Lamm und drückte im Namen Gottes und im Namen der Freiheit & der Demokratie auf den roten Knopf.

Die Atombombe mit dem niedlichen Namen *Little Boy* sauste unaufhaltsam auf Hiroshima.

70.000 Zivilisten starben auf der Stelle, weitere 240.000 an den Folgen der Radioaktivität.

Science Fiction

»Wir haben da ein kleines Problem...«, sprach der erfahrene Astronaut verlegen ins Mikrofon, während eine dickflüssig-braune Masse ahnungslos vor seiner picklig-feinen Nase schwebte.

Niemand in der Raumstation kannte sich mit geplatzten WC-Rohren aus.

Die ganze Wahrheit über Freud

»Ein Mann darf doch noch Träume haben, oder?«, fragte Freud rhetorisch und saugte bis zum Ende seiner Tage an der Brust der verständnisvollen Psychoanalyse.

Auf dem elektrischen Stuhl

»Always look on the bright side of life!«, sang der Priester in guter Gospeltradition gemeinsam mit dem Sträfling auf dem elektrischen Stuhl.

Millionen Fernsehzuschauer vor der Mattscheibe waren davon hingerissen und sangen begeistert mit.

Tassen im Schrank

»Du hast wohl nicht alle Tassen im Schrank!«, schimpfte die alte bettlägerige Frau, als ihre Tochter beim Servieren etwas Kaffee auf ihre schneeweiße Bluse schüttelte.

Edith scheute sich der Mühe nicht, ging in die Küche, machte den Küchenschrank auf und sah, dass ihre Mutter recht hatte. Sie hatte nicht alle Tassen im Schrank. Da sie schon in der Küche war und die ewigen Beleidigungen ihrer Mutter satthatte, nahm sie einen spitzen Messer mit ins Wohnzimmer und stach mehrere Male dorthin, wo das Herz ihrer krebskranken Mutter sein müsste. Anschließend setzte sie sich auf den weich gepolsterten Sessel, um gemütlich an der 10978. Folge der GZSZ zu saugen.

...

In der Gerichtsverhandlung, die live ins ganze Land übertragen wurde, wurde Edith freigesprochen, weil — amtlich festgestellt — tatsächlich ein Paar Tassen in ihrem Schrank fehlten.

Sie lebte dann von der Vermarktung ihres verhunzten Lebens, einsam mit 32 Katzen, aber in aller Menschenwürde. Und wenn sie nicht gestorben ist, dann schaut sie sich vermutlich die 100000. Folge von GZSZ. Amen.

Schmetterlingseffekt

Im größten Atomkraftwerk der Welt. Irgendwo in Finnland. »Schmetterlingseffekt... Schmetterlingseffekt... Schmetterlingseffekt...«, fantasierte die reife Larve im Kokon, tief in ihrem Mantra versunken.

Am ersten Tag der Verpuppung flog der feinsinnige Schmetterling in einem chaotischen Bogen in die Steuerzentrale des neulich in Betrieb genommenen Atomkraftwerkes, wo der Chefingenieur die Kühlwassertemperatur manuell regelte. Der Steuerungsrechner und dessen Ersatz spielten seit einer Stunde wieder verrückt.

Als der junge Falter am Gesicht des verärgerten Chefingenieures vorbeiflog, katapultierte er mit einem kaum wahrnehmbaren Schwung seines linken Flügels Farbpartikel in die Nase des tief konzentrierten Mannes am Pult, sodass er drei Mal kurz hintereinander niesen musste.

Regler schossen in die Höhe.

Die darauffolgende atomare Kettenreaktion war unaufhaltsam.

Im Bruchteil einer Sekunde verbrannte der harmlose Schmetterling durch die radioaktive Hitze zu Asche. Die 92 Techniker auch. In Umkreis von 21 Kilometern wurde jegliches Leben sofort ausgelöscht. Sechs weitere Atomkraftwerke in Nordeuropa wurden mit in Leidenschaft gezogen und explodierten.

Nach einer Woche wurde die gesamte nördliche Erdkugel für Menschen unbewohnbar erklärt. Eine tragische Flüchtlingsflut nach Süden war die unvermeidliche Folge.

Innerhalb von fünf Jahren starben an den Folgen von radioaktiver Strahlung 60 % der Weltbevölkerung. Weitere 30 % verhungerten, da die gesamte Erdoberfläche wegen der Kontaminierung kaum noch für die Landwirtschaft nutzbar war.

98 % der Neugeborenen waren missgebildete Totgeburten. Zum ersten Mal in der Geschichte war die Existenz der Menschheit ernsthaft gefährdet.

Mehr als die Hälfte der Arten starben aus.

Der atomare Winter brach an.

...

Über dem größten Erdöllager der Welt. Im Cockpit eines Jagdflugzeuges.

»Schmetterlingseffekt... Schmetterlingseffekt... Schmetterlingseffekt...«, fantasierte eine reife Larve im Kokon, tief in ihrem Mantra versunken.

Die wunderbare Welt
der kleinen Dinge

Blind Date

»Ich heiße Ovum, bin monogam und stehe auf starke Schwimmer mit Köpfchen«, stellte sich das selbstbewusste Ei vor.

»Ich heiße ganz einfach der Wundersame und stehe auf weich gekochte Bio-Eier zum Frühstück«, sprach der schwanzlose Same einfallslos und wirklich völlig unromantisch.

Dennoch...

Die göttliche Verschmelzung begann.

Intelligenz vs. Übermacht

»Weißt du, was eine Übermacht mit der Intelligenz macht?«, fragte die Dampfwalze den Mikrochip der letzten Generation und überrollte ihn ohne auf seine Antwort zu warten.

Meine Freundin Pi

»Herr Doktor, ich warte schon seit einer Ewigkeit und kriege einfach keine Periode!«, klagte kummervoll meine Freundin Pi aus der Geometrie.

Deep Thought, der beste Frauenarzt und Analytiker aller Zeiten, fiel daraufhin in ein unendlich-tiefes Nachdenken.

Kreislauf des Lebens

»Du! Abschaum der Gesellschaft!«, schimpfte der Rasier-
schaum voller Ekel.

»Du b i s t und b l e i b s t ein Wegwerfprodukt!«,
schäumte sich der Abschaum.

...

Die Kläranlage machte keinen Unterschied zwischen Gut und
Böse. Sie führte alles nach sachgemäßer Behandlung wieder
in den Kreislauf des Lebens zurück.

Das traumatisierte Fallbeil

»Hilfeee! Zu Hilfeeeeee! Hört mich denn keiner? Ich hab' doch Höhenangst, Mensch! Lass mich bloß nicht runter fallen! Außerdem kann ich kein Blut sehen, davon wird's mir echt übel. Ich hasse den Job! Ich hasse den Job! Ich werde mich bei der Europäischen Dingensrechtkommission beschweren! Hilfeee! Ich falleeeeee!«

Das traumatisierte Fallbeil sauste unaufhaltsam auf die Wassermelone...
Die Schulkinder kreischten so laut, als wären Simpsons leibhaftig auf der Bühne erschienen...
Währenddessen versuchte die letzte idealistische Geschichtslehrerin im ganzen Land aus der Französischen Revolution zu erzählen...
Dem gelangweilten Vorführer des Museums, der heimlich in der Nase bohrte, lief das Wasser im Munde zusammen, als er daran dachte, wie er die leckere Wassermelone in der Mittagspause sabbernd verschlingen würde...
Und die letzten Worte der völlig unschuldigen, aber dennoch in der Klemme steckenden süßen Wassermelone waren:
»Liberté! Égalité! Fraternité!«

Die Hilferufe des Fallbeils hörte aber niemand.

Am Anfang war

»Du hast doch 'n Knall!«, sprach das allwissende Nichts herabwürdigend.

Die geduldige Urmaterie konnte die ewigen Herablassungen des nichtsnutzigen Nichts nicht mehr ertragen und explodierte.

Blau

In einem wohltemperierten Raum. Mit gleichbleibender Luft-
feuchtigkeit.

»Ich bin unheimlich blauuu, sooo blau-uh-uh-uuuh!«, sang
die völlig besoffene Mauritius an der Wand und torkelte aus
dem goldenen Rahmen.

Sie hatte eigentlich alles, was eine Briefmarke sich nur
wünschen könnte. Aber sie war die einsamste Briefmarke der
Welt.

Wie könnte sie da nicht jeden Tag b l a u sein?

Zeitfracht Medien GmbH
Ferdinand-Jühlke-Straße 7
99095 Erfurt, Deutschland
produktsicherheit@kolibri360.de